Journal d'une rupture inavouée

FAUSTINE CROQUISON

26 septembre 2017

Le jour où j'ai offert mon coeur au loup

Sur les murs, la peinture a jauni à l'emplacement des photos.

Comme pour me dire "je ne suis plus mais je demeure pour toujours".

Je pars, je reste, je meurs ici.

J'ai le coeur sec comme du bois.

J'ai les yeux rouge en dedans, bleu tout autour.

J'ai la fatigue en ombre et la colère en étendard.

Personne n'est mort pourtant.

J'ai rêvé

que j'étais au fond

d'un puit sans eau

Je ne veux plus vivre avec toi

Je ne veux pas vivre sans toi

Alors j'attends,
entre deux époques

J'ai peu à peu perdu l’estime et la valeur que je m’accordais. Aujourd’hui, il ne m’en reste vraiment aucune trace. Ça passera, je le sais, et je réussirai à m’aimer à nouveau. Mais pour l’instant, je ne peux m’empêcher de me demander ce qui ne suffit pas chez moi. Je me demande si j’ai été trop passive, trop grosse, trop matérialiste, trop terre à terre, pas assez jolie, pas assez brillante, pas assez curieuse, pas assez ambitieuse...Trop exigeante, pas assez justement. Si j’ai pris trop de place, si au contraire, j’ai été trop transparente...

Beaucoup trop de pas assez...

J'aimerais t'envoyer des fleurs

Te dire que je t'aime

Que la simplicité des choses
écrase les doutes

Ce soir, j'ai besoin de te détester.

Parce que c'est plus facile
que de t'aimer.

Je suis allée si loin dans l'incroyable,

Que toutes les nouvelles tentatives
me semblent pauvres, fades et ridicules.

Tout s’encombre, j’ai le cerveau trop petit, les pensées qui suintent de partout. Je ne contrôle plus rien et mon corps est lourd. Je ne peux réfléchir à rien d’autre qu'à toi. Que toi.

Rien n’existe plus.

Et je voudrais dormir 10 ans.

J’ai peur de ne jamais plus ressentir à nouveau.

Que tout me glisse dessus comme de l'eau.

Lettre retrouvée

Je ne sais pas par où commencer, j'aurais mille choses à te dire mais je sais qu'au fond, il n'y a qu'une issue. Notre histoire est terminée, nous le savons tous les deux. Je t'aime et c'est sans doute pour ça que c'est difficile. Je ne pars pas parce que je suis lassée ou que je n'y crois plus, je n'ai tout simplement pas le choix. Je ne peux plus être avec toi qui n'en a plus envie. Je pars parce que tu ne veux plus de moi. Je te souhaite de ne jamais vivre ça. Je me sens humiliée, traînée dans la boue, moins que rien. Je me demande ce que j'ai bien pu faire pour que tu en arrives à ne même plus prendre la peine de me parler. J'ai perdu le peu d'estime qu'il me restait et je ne peux m'empêcher de me dire que j'ai mérité ça. Car j'ai du mal à croire qu'on puisse piétiner quelqu'un qui ne l'a pas mérité un petit peu. Pas après avoir aimé. Pendant ce temps, toi, tu continues de construire tout ça avec d'autres. Pourquoi restes-tu ? Pourquoi est-ce à moi de partir alors que tu as déserté depuis longtemps ? J'ai le coeur en morceaux et tout se mélange. Je pensais sincèrement qu'on s'aimait assez pour bien se quitter. J'aurais voulu que tu te fasses violence, pas pour nous sauver nous, mais pour l'affection qu'il nous restait l'un pour l'autre. J'espérais qu'on se dise au revoir et je crois que, plus que de te perdre, c'est de savoir que je n'ai pas compté qui me fait mal.

J'aurais dû partir il y a longtemps mais je n'en avais pas la force.

Il n'est qu'une chose que tu ne pourras m'apporter,

La promesse de l'éternité.

Je n’attendais rien
N'espérais rien d’autre que tes bras.

Et l’amour
Qui se fabriquait dans l’instant.

J’aurais figé le temps pour toujours
Et nous avec.

Message sans retour :

Je pense malgré tout ne pas mériter ça, je pense être quelqu'un de bien, même si je ne suis pas assez ou trop pour toi.

J'espère qu'un jour tu te rendras compte que personne ne mérite ce que tu me fais vivre actuellement et j'espère encore que tu finiras par t'excuser, ou au moins me parler. J'aimerais garder un beau souvenir de nous deux. J'ai encore l'espoir fou que tu essaieras de préserver le respect que l'on s'est porté autrefois.

Je me souhaite que cela me passe vite car je sais que tu ne le feras pas.

Pour l'instant, je n'arrive pas à te souhaiter d'être heureux. Ça viendra peut-être mais pour l'instant, c'est trop tôt.

Je sais que tu vas aller mieux que moi et ça me fait mal.

Je me déteste de t'aimer.

Je te promets de t'aimer sans condition, sans attente. Tant que tout ira bien. Je te promets d'être sans limite. De te dédier mes yeux et ma bouche. D'avoir le coeur accroché au tien. Jusqu'à ce que cela ne suffise plus. Je te promets de penser chaque mot, au moment de te les dire. Je te promets de faire semblant. De toujours sourire, de rester près de toi. Je te promets de ne pas flancher, de ne pas douter. De t'offrir l'incroyable et le grandiose. Je te promets de croire que c'est possible. En attendant que nos serments s'oublient. Je te promets tout, si cela te rassure.

Je te promets l'éternel,

Le temps d'une étreinte.

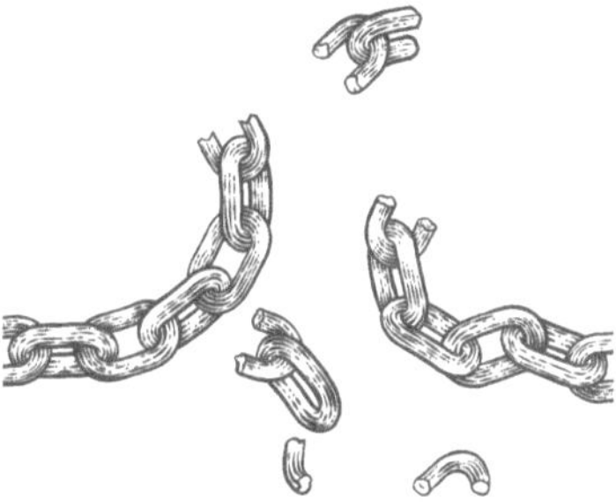

Aujourd’hui m’est venue une pensée.

je me suis dit que j’aurais préféré que tu sois mort. Car au moins, j’aurai pu me convaincre que tu étais parti en m’aimant encore. Je m'en suis voulue aussitôt.

Je me suis alors dit que non, je ne voulais pas que tu meurs. Je t'ai alors souhaité d'avoir un grave accident.

Je m'en suis voulu deux fois plus.

Je deviens un monstre d'égoïsme.

Ce que je déteste chez L.

- de ne plus pouvoir entendre son prénom sans avoir le coeur qui saute
- d'avoir eu besoin de son attention pour exister
- son faux sourire, qui m'a fait croire que tout allait bien
- ses paroles qui m'ont brisée et qui resteront pour toujours
- d'avoir besoin de sa chaleur
- le voir partout, dans tous les gestes du quotidien
- penser que personne ne pourra me combler comme il l'a fait
- son intérêt pour tout, sauf moi
- ne pas avoir été à la hauteur de ses exigences
- qu'il ait lâché ma main et qu'il soit parti devant
- l'admirer toujours autant
- ses silences
- quand il disparaissait pendant des jours, avec une autre que moi
- qu'il ne tolère plus rien de ma présence
- le voir prendre la route et sentir qu'il est à sa place
- le voir s'écraser au sol
- l'espace entre nous quand on s'endort, qui n'a fait que s'agrandir

- avoir oublié qui j'étais avant lui
- d'avoir eu besoin de devenir une autre pour essayer de lui plaire encore
- quand il a arrêté de dire "je taime" et que je n'ai pas voulu l'admettre
- sentir qu'il préférerait être ailleurs que dans mes bras
- d'avoir senti l'amour disparaître pendant l'amour
- que je ne ressente même plus la peine ou la colère
- d'avoir marché sur un fil de rasoir, du début à la fin, sans pause
- qu'il n'ait jamais lu mes livres
- qu'il n'est jamais dit "pardon"
- qu'il soit allé trop loin
- qu'on ait à peine eu le temps de parler
- avoir cru aveuglément que je pouvais lui faire confiance
- qu'on ne soit allé au bout de rien
- qu'on soit exactement comme tout le monde
- relire cette liste, l'aimer encore et ne pas comprendre
- ne pas réussir à l'oublier
- trouver qu'il dépasse encore tout le monde
- d'avoir besoin de le détester pour l'oublier

Carnet retrouvé :

Je sais que je dois partir mais je n'y arrive pas.

Je ne sais même plus si je t'aime encore ou s'il s'agit d'habitude.

Je dois écouter mon coeur mais pour l'instant, je n'entends rien.

Il y a eu la douleur infernale

Puis la colère et le manque

Il y a eu la peur de lâcher prise

La peur de l'inconnu

Et celle de ne plus jamais ressentir

Le silence étouffe

Je suffoque

au milieu
d'un monde sans bruit

Ne me dis plus que tu m'aimes

Surtout si tu le penses encore

Je cours encore
après le besoin
d'être aimée

Je n’en peux plus d’être triste

« Alors arrête ? » m’a t-on dit

J'ai tout pardonné

pour être sûre

que tu ne partirais pas

J’aurais aimé savoir que c’était la dernière fois que je tenais ta main,

je ne l’aurais jamais lâchée.

J’aurais aimé savoir que tu ne te retournerais pas en partant.

J'aurais marché devant.

Il est encore trop tôt
pour penser à toi

Je rêve encore de toi souvent.

A chaque fois, j'espère que tu
me rejoindras au matin.

Plus que le jour où je t'oublierai

J'attends celui où je pourrai

Penser à toi avec tendresse

Je suis désolée de ne pas avoir été
à la hauteur de tes rêves.

Sur mon bras, une cicatrice à
l'encre rouge

.-.. ..- -.-. .- ...

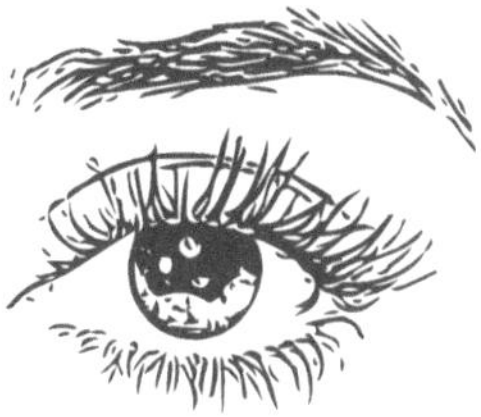

J'ai entendu à la radio, dans une émission pour "aller mieux" , que la douleur était à la hauteur de l’amour que l'on porte.

Très bien, merci.

Cela viendra
quand je serai prête

Tu n'étais pas l'amour de ma vie, même si j'y ai cru très fort.

Je me suis longtemps demandée pourquoi j'étais tombée amoureuse de toi. Pourquoi si fort. J'avais cette idée que l'amour s'entretenait dans la réciprocité. Que si la valve n'était ouverte que d'un côté, constatant qu'il ne recevait rien ou pas assez en retour, le coeur se refermait de lui même.

Tout comme le corps nous protège d'un virus, le cerveau d'un traumatisme, je m'étais persuadée que le coeur se protégeait d'une certaine manière aussi.

Alors, je me demande si tu n'es pas arrivé dans ma vie seulement pour m'offrir mon premier coeur brisé ?

Je cherchais un synonyme de choisir

Dans les suggestions,
il y avait « aimer mieux »

Choisir, c’est aimer mieux.

Aimer un petit peu
pour juste une écorchure

Aimer beaucoup et fort
pour un coeur qui dégouline

Si je suis tout à fait honnête,
ce n'est pas toi que je
regretterai

Mais la personne que
j'imaginais être quand j'étais
avec toi.

Les fins
souvent arrivent
longtemps après le point final.

Il y a pire qu'une rupture,
il y a l'indifférence.

Le temps guérit tout

Ca ne veut rien dire aimer

Surtout

Ca ne devrait pas se dire

Un jour, je te souhaiterai d'être heureux.

Je te souhaiterai de te voir comme je t'ai vu, comme je te vois encore. Parce que tu es incroyable, tu l'es vraiment.

Un jour je sourirai en repensant à toi, peut-être même que je t'écrirai pour te demander comment tu vas, et j'espèrerai que tu ailles bien. Je serai peut-être même heureuse pour toi quand tu me parleras de tes projets et de tes amours.

Un jour, j'oublierai que je t'ai aimé.

Les fleurs commencent à montrer
leurs nouvelles couleurs,
et tu me manques.

Je ne sais pas si tu penses encore à moi.

J'aimerais t'écrire mais je n'ose pas.

j'aimerais te revoir,
qu'on s'endorme sur l'herbe.

Que l'on écoute le bruit des champs

Il n'y a plus rien à dire,
plus rien à sauver.

Je te laisse partir dans le vent,
je te respire une dernière fois,

Et tu t'envoles.

J'ai changé l'étiquette de la boite à lettres. J'ai enlevé les photos des murs. J'ai supprimé ton numéro. J'ai remplacé les draps, j'ai acheté un nouveau lit. J'ai jeté ton parfum, j'ai trouvé une nouvelle bougie... Je ne détourne plus les yeux quand je passe devant notre restaurant. J'ai tout mis dans une boite. Un jour, je la jetterai ou bien je l'enterrerai.

Peut-être oublierai-je même l'endroit de sa cachette.

La peur du silence. Le corps épuisé. Tout l'intérieur qui explose. Les larmes encore, sans arrêt et sans raison. La colère, suivie du vide. Le bruit dedans, dehors, tout le temps. Les mots qui perdent tout leur sens à force de les dire. Du mal, peut-être. Du chagrin et du brouillard. Mais la vie dans tous les cas.

Avec le coeur au centre.

Avec le coeur, toujours.

Je te pardonne
Je n'oublie pas

Je te pardonne
Je n'oublie pas

Je te pardonne
Je n'oublie pas

Je me pardonne
Je t'oublie

Je ne sais plus qui je suis

J'ai oublié mes rêves et mes envies

J'ai la bouche sèche et les yeux collés

Je ne sais plus rien

Et ne suis plus grand chose

Vivante, debout,

Déjà, c'est bien

Le souffle qui se coupe
Le coeur qui s'agite
Le ventre qui se tord
La peau qui frissonne

Toutes les réponses que je cherche se trouvent là.

Le téléphone sonne, je trébuche dans la rue, je dois faire une lessive, sortir le chien ou poster un courrier... Une odeur particulière me donne envie de manger. Je marche sur une écharde, je l'enlève minutieusement à la pince à épiler. Je croise quelqu'un qui me sourit, peu importe s'il sourit d'ailleurs. Je croise quelqu'un, je croise la vie. J'aperçois un petit papillon.

Quelque chose, soudain, se remet en route.

Tout reprend comme avant, le temps d'un battement d'aile.

Cher amour,

Je t'ai rencontré

Je te retrouverai

Mon corps s'épuise et cherche le répit. Ma tête, elle, a abandonné depuis longtemps. Il reste le coeur, qui n'en peut plus d'aimer. Qui s'écrase contre ma poitrine et que j'ai envie d'arracher. Pour qu'il s'arrête, qu'il me laisse en paix. Car je n'en peux plus d'avoir mal. Il ne me reste plus rien, pas même les souvenirs. Il ne me reste qu'une chose. Et cela vaut bien tout le reste. Le coeur restera. Je lui donne toute la place. Je le laisse serrer ma gorge. Je lui accorde des torrents de larmes.

Tant que je ressens encore.

Une vieille chanson à la radio, sur la route des vacances. La fatigue, le manque de repères, les nuits seule. Accepter de nouvelles mains sur ma peau et de nouveaux bras pour m'étreindre. Parce qu'il est parti. Parce que tous les autres sont restés. Recevoir l'amour de partout. La colère, le vide. Me voir à nouveau sans me détester. Les pages blanches qui se couvrent de mots, enfin. Pouvoir marcher droit à nouveau. Les rires, les feus, les mots d'amour, le talent à n'en plus finir, la boue, la sueur. Les images, la musique, les livres, les chansons. L'art, la beauté et la vie partout, même dans la mort.

J'ai eu beaucoup de raisons de pleurer cet été.

Aimer devrait suffire, j'ai écrit ça un jour.

Ces derniers mois, je me suis demandée si c'était juste, si vraiment, aimer suffisait. Car visiblement, cela n'a pas suffit pour nous. J'ai failli ne plus y croire. J'ai presque réussi à me convaincre que non, l'amour ne suffit pas toujours, ou même, qu'il n'est pas nécessaire.

Et puis, en fait non, j'avais raison, j'ai raison. Ça suffit. Ca fait mal, ça détruit, mais ça suffit. Ça vaut tellement la peine.

Ca paralyse quand il s'échappe. Comme on regrette, comme on déteste le monde. Mais je me laisserai détruire encore si je peux aimer encore aussi fort.

Alors, je le ferai peut-être différemment, moins fort, moins naïvement. Mais je me souhaite d'aimer à nouveau avec cette puissance là. J'ai peur de ne plus pouvoir le faire. J'ai peur aussi qu'on ne m'aime plus comme tu l'as fait, ou du moins de ne plus être en mesure de pouvoir accepter un tel amour.

On ne s'est peut-être pas aimé aussi fort l'un et l'autre, peut-être pas pour les mêmes raisons.

Mais j'espère que tu garderas un bon souvenir de nous et que j'aurai compté pour toi d'une certaine manière. Je sais qu'il est difficile de te toucher et je me suis d'ailleurs toujours demandée ce qui avait bien pu faire que tu tombes amoureux de moi à l'époque, avec ma vie simple et mes petites ambitions. Mais j'espère, malgré la banalité de notre histoire, que tu arriveras à y trouver un peu d'extraordinaire et que cette vie simple aura compté un peu pour toi, le temps qu'il fallait.

Je devrais peut-être pas te dire tout ça, mais on s'est fait tellement de mal qu'il est temps, je pense, de se faire du bien et parler d'amour, ça fait toujours du bien.

Pour l'instant, je t'aime encore trop d'amour, enfin je crois, et je me souhaite que ce ne soit plus le cas bientôt. Mais je t'aimerais toujours.

Différemment, mais toujours.

Regarder les étoiles

Les voir briller sans cesse

Se dire que finalement, il s'agit
juste d'être

Sans essayer de comprendre

Tomber de fatigue
N'avoir plus que de l'air dans le coeur

L'odeur de terre et de pluie
L'enfance qui revient

Leur voix, leur rire et leur regard sur le monde

Ne rien vouloir d'autre que d'être ici

Comprendre qu'un souvenir se fabrique dans cet instant

Et qu'il laissera des traces qui soigneront

Leur dire en silence tout l'amour que je leur porte

Tout ressentir à nouveau

Ils sauront que c'est à eux que je le dois

Le vide se comble, je ne manque de rien

Il n'y a plus de place que pour l'incroyable et l'essentiel

Le feu est revenu

J'ai reçu des mots d'amour, de la douceur, des caresses dans le cou.

On m'a dit que j'étais belle et que je comptais.

J'ai réalisé mes privilèges et j'ai presque eu honte d'avoir pensé que je n'étais pas assez.

Je ne cherche plus
Je ne demande plus
Je n'essaie plus
d'atteindre, d'arriver, d'obtenir
Je ne combats plus
Je m'immerge dans la vie

Cela suffit

Tout s'arrête ici

Tout commence là

Tout l'avant s'efface

Et l'après n'a pas d'importance

Me glisser sous les draps

Nue

Contre une autre peau

Tes yeux dans les miens
au lendemain des nuits brutales

Ces mots seront les derniers de notre histoire.

J'ai écrit ce livre en moins de 3 semaines.

J'ai mis plus de 2 ans à le rendre public. Parce qu'il a vécu avec moi, qu'il a fallu ajouter des choses, enlever celles qui n'avaient plus de sens.

Oser relire, corriger et décider. Décider de ce que je garde pour moi, ce que je libère pour ne plus y penser.

Décider de ce qui m'appartient et de ce qui ne m'appartient plus tout à fait...

Je ne rougis plus en relisant mes textes, je n'ai plus honte, plus de chagrin, ni même de sentiments refoulés.

Le livre arrivera en librairie, puis trouvera sa place sur les étagères ou les tables de chevet...

J'en garderai un pour moi, que je relirai, avant de le brûler, ou d'en déchirer les pages.

Qu'elles s'envolent rejoindre les promesses d'éternel.

Remerciements

Merci à Papa et à Hugo d'élever chaque jour mes ambitions et de faire brûler mon cœur.

Merci à Chloé, Florine, Emma, Louise, Théo, Eliott, Violaine, Céline, Sophie, Mathilde, Elise, Rachel, Marie, Emmanuel pour leur amour, leur patience à toute épreuve, les discussions interminables et les rires.

A Carole, Maman de coeur et femme amoureuse.

Merci à Morgan, de m'avoir aidé à gravir des montagnes.

Merci à Maud pour tant de choses qui n'ont pas de mots appropriés.

Merci à L. pour ce voyage au fond des abîmes et dans les cieux.

Merci à tous les amoureux qui continuent d'y croire.

Pour aller plus loin...

Mes précédentes publications :

Absolument rien ne compte, 2018
A la vitesse des petites choses, 2019

Pour découvrir l'ensemble de mon travail, rendez-vous sur mon site *faustinecroquison.com*

Votre soutien et votre intérêt sont un précieux cadeau que vous me faites.

J'espère que mes mots sauront trouver le chemin de votre coeur.

A bientôt, pour une nouvelle histoire...

faustine

Édition : BoD – Books on Demand,
12/14 rond-point des Champs-Élysées, 75008 Paris
Impression : BoD - Books on Demand, Norderstedt,
Allemagne
ISBN : 9782322375080
Dépôt légal : Février 2022